MARCEY NAITO

아마가미 씨네 인연 맺기

14

인물 소개~

아마가미 유나

아마가미 아사히

성실하고 고집 센 차녀!
무녀의 봉사에 긍지를 갖고 있으며, 자매를 무척 사랑하는 고등학교 3학년생. (영어 외엔) 성적도 우수하고 품행도 방정한 우등생으로, 교내에서도 꽤 인기인. 평소엔 새침한 표정을 하고 있지만, 감정의 변화 폭이 크고 표정도 풍부하며 어느 것이나 귀엽다. 몸이 뒤바뀌는 사건을 거치며, 숨겨져 있던 우류에 대한 사랑이 얼굴을 드러내 고군분투 중. 최근 우류의 이마에 키스 할 수 있을 정도로는 성장했다.

깜찍한 소악마 삼녀!
자칭 【새벽녘의 달리는 공주】로, 육상부 에이스. 게다가 공부도 어렵지 않게 해내는 팔방미인 중학교 3학년생. 허세를 부리는 일면도 있지만, 그에 걸맞은 사람이 되고자 열심히 노력하고 있다. 칠석의 루프를 거치며 우류에 대한 사랑이 더욱 강해졌고, 문화제 때는 나쁜 점괘에도 불구하고 자력으로 우류를 찾아내서 데이트하는 강한 모습을 보여준다. 우류에게 누굴 좋아하는지 물어는 봐도, 대답을 들을 용기는 없다.

~아마가미 씨네

카미하테 우류
교토대 의학부를 지망하는 고등학생. 아동 보호 시설 「키세키 원」에서 자라 타인과 친해지는 게 서툴렀지만, 세 자매가 가족으로 받아들여줌으로써 지금은 세 사람을 많이 좋아하게 되었는데, 그로 인해 누구를 선택할 것인지 고민 중.
아마가미 야에
마이 페이스에 미스터리어스한 장녀! 자주 훌쩍 사라져서 미아가 되는 대학교 3학년생. 미술과 무술, 주산 암산 등 다양한 부분에서 높은 수준의 재능을 갖고 있다. 사실은 아마가미 신사의 아이가 아니며, 본명은 「이치죠지 레이코」. 과거에 우류와 만났던 일로 운명이 바뀌었고, 집을 나와 아마가미 신사에서 살게 되었다. 머리를 자른 뒤로는 한층 더 솔직해져서, 우류에게 스트레이트로 마음을 전하고 있다. 크다.
이누가미 아즈키
현역 의사 겸 이누가미 신사의 무녀. 이누가미 신사의 신관인 쌍둥이 오빠 우즈키의 강요로 무녀 일을 하고는 있지만, 솔직히 하고 싶진 않다.

AMAGAMISANCHI NO
ENMUSUBI

CONTENTS

제 114 화 인재의 세 얼굴

그래~? 이누가미 신사에 쌍둥이 남매가 있구나.
맞아.
여동생은 예전엔 날라리였고 무뚝뚝한 사람이지만
엄청난 노력파로 지금은 의사가 되어 활약하는 대단한 사람이고,
오빠는 시스터 콤플렉스에 조금 이상한 사람이지만,
카리스마가 있는 신관으로서 신사를 한층 더 부흥시키고 있는 대단한 사람이야.

재잘 재잘
아무튼 굉장해!
진짜 굉장한 사람들이었어!
엄청 좋더라, 이누가미 신사!
너무 흥분해서 어휘력이 사라졌어.
궁금하면 다음에 소개시켜 줄까?
입시 공부도, 신사에 관한 것도, 좋은 어드바이스를 받을 수 있을 거야.
우류 오빠가 그렇게까지 말하다니.
어떤 분들인지 궁금하네요.
나도 만나보고 싶어.

그럼 다음에 다 같이 가보자.
…….
다음 날
짹짹
짹짹
쏴악
하~이, Mr. 우류~.

굿~모~닝♪
…….

야… 야에 맞지?
갑자기 뭐 하는 거야?
또 이미지 체인지…?
노노.
오늘의 나는 지나가던 영어 회화 선생님이에요.
그리고 이건 가발이죠—
또 야에의 엉뚱한 발상인가…?
그래서? 영어 회화 선생님은 또 뭐야…?
Pera
Pera
Good morning, Uryu! What are you going to do today?
(안녕, 우류! 오늘은 뭘 할 거야?)
Pera
갑자기 영어를 술술 말하게 됐어…!

여기선 나도
호응해주는 게
좋을까?
I'm going to do housework and study.
(집안일과 공부를 할 생각이야.)
Excellent! I hope today is an **auspicious** day for you.
(훌륭해! 오늘이 네게 ■■■■ 하루가 되길 바랄게.)
응?
모르는 단어가…. 못 알아들었어.
What do you mean?
(무슨 뜻이야?)
아, 몰라?
auspicious
이건 「상서로운」이라는 뜻이야~.
불쑥
그… 그래~?
왜 갑자기 일본어?
그나저나 야에가 이렇게 영어를 잘했나…?
이것도 이치조지 가문의 영재 교육…?

공부가
됐지?
…도대체
뭐람…?
Bye~
오후
으—음.
이상하네~.

도대체 이 세계는 수수께끼가 너무 많아~.
…….
…이번엔 또 뭐야?
잘 물어봤어!
나는 세계의 수수께끼를 찾아다니는 고고학자야!
그… 그래~?

나는 지금
기원전 4세기 말 이집트에 설립된 왕립 연구소
의 수수께끼를 해명하려 하고 있어.
그럼 일본을 떠나는 편이 좋겠네요.
어때? 거기 자네!
이 수수께끼를 알고 있나?
…아뇨, 몰라요.
어? 몰라?
「무세이온」이라고, 알렉산드리아에 세워졌던 자연 과학과 문헌학을 연구하는 연구소
였어.
파야
수수께끼가 다 풀렸네요.
또 내가 모르는 지식….
종잡을 수 없는 느낌인데,
왜 이렇게 박식한 거야?

또 공부가
됐지?
……?
결국 아에는
뭘 하고
싶었던 걸까…?

(1) 다음 문장을 해석하시오.
In Japan, kumade is sometimes put up as
an auspicious object for prosperous business
in the sense of 'kakiatsume
어라? 이 문제….
아침에 야에랑 했던 대화에서 나왔던 거네.
아싸! 덕분에 한 문제 풀었다!
좋아. 이 기세를 몰아서 세계사도….
기원전 333년에 알렉산드로스가 페르시아군을
전투의 이름을 쓰시오.
(2) 4세기 말, 이집트의 알렉산드리아에는
자연 과학과 문헌학을 연구하는 왕립 연구소가
이 시설의 이름을 쓰시오.
(3) 이 문화를 무엇이라 부르는가.
(4) 622년, 무함마드는 신자와
메카에서 메디나로 이동했다
이 사건을 아랍어로 무엇이라
…….

비익
이런 우연이 있나…?
…뭔가 달라.
금줄 꼬는 법은 확실하게 공부했으니까
방법은 맞을 텐데.

왜 이렇게 너덜너덜해지는 거냐고.
너덜…
반듯
이래서야 그 사람의 발밑에도 못 미치잖아.
어떻게 하지…?
뭐가 잘 안 되는 모양이네!
어느 때는 영어 회화 선생님.
또 어느 때는 고고학자.
하지만 그 실체는…

짜잔
무녀님이었습니다!
그건 알아.
금줄 만들 때는 이렇게
밧줄을 나선형으로 꽉 붙게 회전시키면서 꼬면
예쁘게 만들 수 있어.
이런 건 머리보다는 손으로 익히는 거니까
여러 번 해보면 금방 할 수 있게 될 거야.
그렇구나. 고마워, 야에.

또 공부가 됐겠네.
야에는 무녀로서도 이렇게 훌륭한데,
영어 회화도 잘하고,
박식하고,
암산도 잘하고,
무도의 소양도 지녔고,
게다가 예술적인 감각도 뛰어나…!

그 정도면 이미 최강이잖아 …!
내가 너무 작게 느껴져…!
우류, 왜 그래?
…그래, 이해했어.
뭐?
최근의 불가해한 행동은
내가 의사와 신관을 병행할 수 있는지 어떤지
시험해본 거구나.
아니….
저기….
한심한 애기지만,
지금의 나로선 공부도 신사 일도
야에한테 당할 수 없어….

하지만
바라던 바다!
이 시련을
극복하고
말 거야!
꾹
지금은 좀
못 미더울지
모르지만,
반드시
너에게
인정받고
말겠어!
…….
이제
됐어~.
아~.
우류는 전혀
몰라준다니까~.
하아~
도…
도대체
뭔데…?!
내가 뭘
모른다고….

질투~.

궁금하면 다음에 소개시켜 줄까?
입시 공부도, 신사에 관한 것도, 좋은 어드바이스를 받을 수 있을 거야.
앗….
그렇구나. 우류는
최근에 만난 그 사람이 더 의지가 되는구나~.
나도 아직 멀었네~.
홱 액
미안, 미안.
너한텐 진짜 많이 의지하고 있어.

도시락
잘 먹었습니다.
천만에요.
빠안~
?!
제 115 화 광인괴기담

유나가 이상하다고…?
뭐, 흔한 일이니까 신경 안 써도 되지 않을까?
그건 그렇지만….
지금까지의 귀여운 느낌과는 달리,
빠안~~
목을 노리는 듯이 무시무시한 형상으로
기괴한 느낌이라고 할까….
우류 오빠를 노려보고 있었어요.
어쩐지 예감이 안 좋아요.
우류 오빠도 조심하세요.
또 그런다.
호러나 서스펜스도 아니고.

아…
아무것도
아니야.
신경
쓰지 마.
그래.
아무것도
아니면 됐어.
미안.
사삭
분명히
뭔가 있긴
있군…!
휘오오오오오

덜컹
오늘은 바람이 세네.
덜컹
두리번
두리번
유나…!
저 녀석, 이런 시간에 어딜 가는 거지…?
쏴아
쏴아
창고…?
살금~

찾았다.
오싹
번뜩
거…
거기
누구 있어?
콰악

…잘못 들었나?
고오오오오오
그 녀석, 그런 곳에서 뭘 하고 있었던 거지…?
엄청 경계하고 있던데….

뭔지 모를 도구를 들고 있었는데.
게다가 지금은 축시….
설마 축시의 참배라도 하고 있었던 건 아니겠지…?!
무서워 죽겠네.
꿈에 나올 것 같아.
부르르
펄럭
제발 오늘 밤만은 좋은 꿈을 꾸게 해줘.
…뭐지?
어쩐지 목에 이상한 느낌이….

으아아아아악!!
미… 미안해. 깨버렸구나.
유… 유나. 뭐 하는 거야?!
지금 날 죽이려고…!
아… 아무것도 아냐.
신경 쓰지 마.
스윽~
잘 자~.
뭐야….
아무것도 아니구나….

펄럭
아니, 그럴 리가 있냐고!!
그 눈….
목 졸라서 완전히 날 죽이려고 했어.
역시 그 수수께끼의 도구도 뭔가 주술에 쓰이는 도구였고,
날 저주해서 죽이려고 한 건지도 몰라….
도대체 왜….
그런 원한을 살 만한 일을 한 기억은….
전혀 없다고도 할 수 없나…!
너한테 신관을 맡길 수는 없어!
이 변태, 바람둥이, 우유부단, 어장 관리

확실히
내 행동이
원한을 샀을지도
몰라….
하지만…
나는 아직
죽을 수는
없어…!
술렁…
술렁…
술렁…
위험했어.
들키지 않게
신중해야 돼….
자,
그럼…
스윽
해볼까….

잠깐만! 조급하게 굴지 마!
내가 잘못했어. 용서해줘!!
꺄아아 아아악!! 뭐야, 뭐야!!
꼴이 그게 뭐야…?!
나한테 저주라도 걸려고?!
그건 내가 할 말이지!
이건 저주에 대항하기 위한 장비야!
도대체 무슨 소리야, 너?!

즉,
너는 날
죽이려고 한 게
아니었다고…?
당연하지.
무슨 바보 같은
착각을….
그럼 뭘 하고
있었던 건데?
사
사
사
삭
시…
신경
쓰지 마….
역시 뭔가
꾸미고 있지!
도대체
뭘 감춘
거야?!
알았어!
알았어!
얘기할게…!

뜨개질로 만든 목도리?
설마 이걸 뜨고 있었던 거야…?
…맞아.
그럼 그 예리한 물건은 주술에 쓰이는 물건이 아니라….
찾았다
당연히 뜨개질 바늘이지.
그럼 그때 목을 조른 건…?
그건… 네 목의 사이즈를 재려고….
조금 긴 게 나올까?
뭐? 왜 그런 짓을….
앗….

…….
미… 미안해. 그런 줄도 모르고….
저기… 고마워….

이렇게 됐으니까 그냥 다 말할게.
이건 1월 21일, 네 생일에 줄 선물이야.
흥.
서프라이즈가 하나 줄어들었네.
그래서 그렇게 몰래 했던 거구나.
그나저나 직접 뜬 목도리라니….
왜? 구식이라고 하게…?!
싫으면 받지 마!
아냐, 아냐! 당연히 너무 좋지!
하지만 유나, 너는 안 그래도 손이 느린데
슬슬 신사는 연말연시 행사로 엄청 바빠지잖아.
그게 끝나면 입시야!
그러니까 너무 무리는….
그건 내가 할 말이야!

보면 알아.
수험에 신사에
꾸벅
꾸벅
거기다 우리와의 장래까지.
신경 쓸 게 너무 많잖아.
그래서 어떤 것도 다 소중히 하고 싶다는 네 마음을
조금이나마 응원하고 싶었어.
확실히 너나 나나 힘든 시기지만,
우린 분명히 극복해낼 수 있어.
이 목도리는 그러기 위한 부적이야.
그러니까…
빙글
빙글

같이
멋진 봄을
맞이하기로
약속하자.

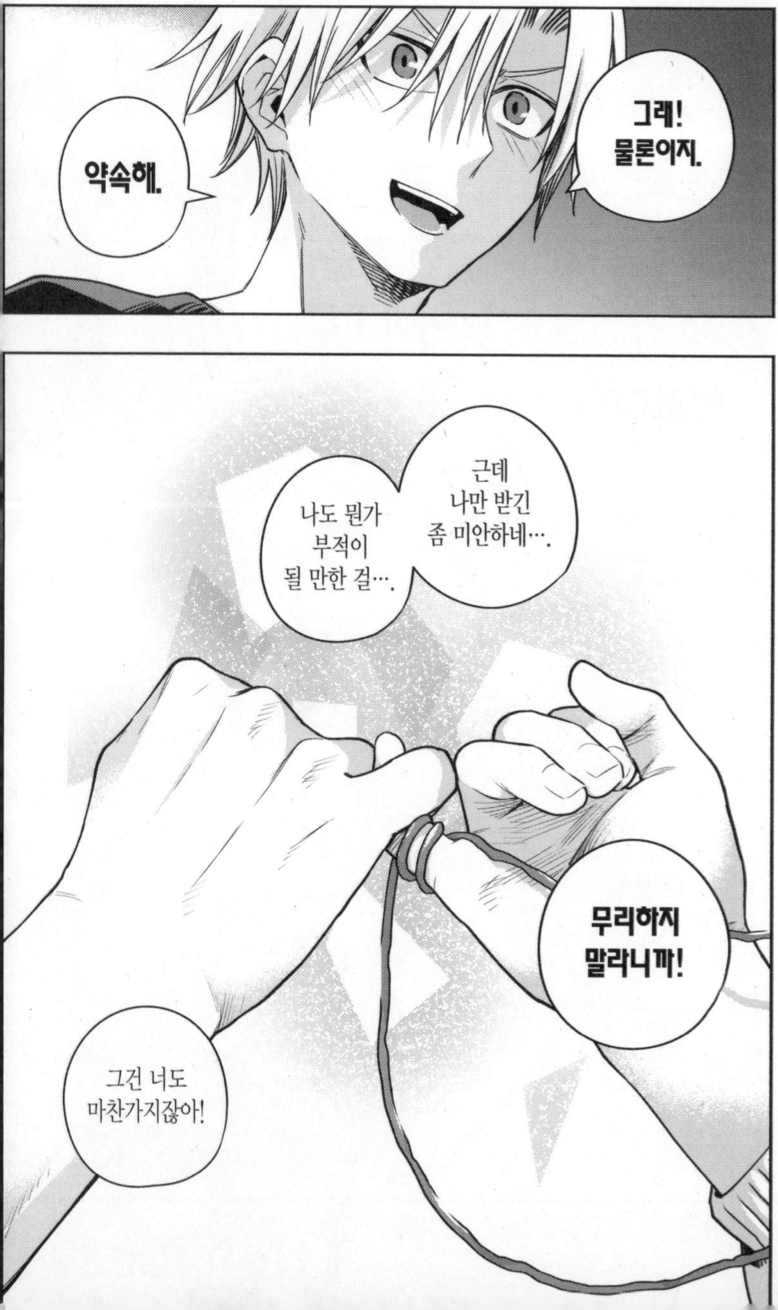
그래! 물론이지.
약속해.
근데 나만 받긴 좀 미안하네….
나도 뭔가 부적이 될 만한 걸….
무리하지 말라니까!
그건 너도 마찬가지잖아!

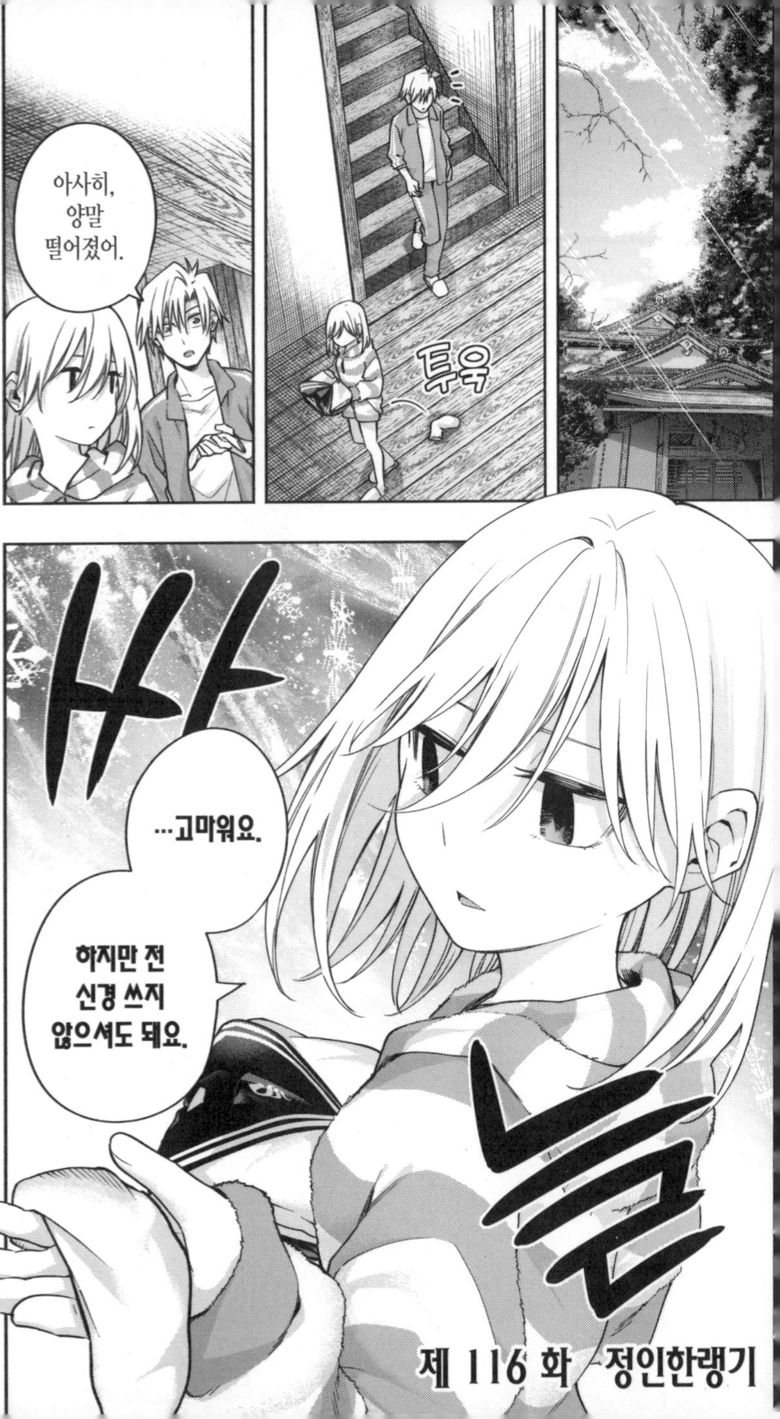
투욱
아사히, 양말 떨어졌어.
싸늘
…고마워요.
하지만 전 신경 쓰지 않으셔도 돼요.

제 116 화 정인한랭기

터벅
터벅
왠지 아사히가 오늘 좀 무뚝뚝하네.
무슨 일 있었나…?
아니, 잠깐. 어쩌면 이건…
밀어서 안 되면 당겨본다던 그건가?!
저한테 신경 쓰지 마세요
요즘 읽은 책에 쓰여 있었지.
여자가 갑자기 차가워지는 때는
신경 써달라는 사인일지도 모른다고.
연애 심리학

그래. 아사히는 이걸 실천하고 있는 거야.
귀여운 짓을 하네.
그럼 난 기합을 넣고
내가 더 적극적으로 나가야겠지!
아사히─!
같이 등교하자.

오늘은 조금 일찍 나와서 아직 여유가 있으니까
너네 학교 앞까지 바래다줄게.
척
...아뇨.
사양할게요.
싸늘

…어라?
하하하. 뭐야.
그렇게 차갑게 말할 것 없잖아.
당겨보는 것도 정도가….
엄마. 저 사람, 스토커인가 봐~.
쳐다보면 안 돼. 다음에 널 노릴지도 몰라.
술렁
술렁
아니, 오해예요!
저는 그런 게 아니라….
분명 아침엔 사람들 앞이라서 부끄러워했던 거겠지.

그럼 집에선 괜찮다는 거잖아!
오늘은 아사히를 위해
비장의 메뉴인 햄버그와 치킨을 도시락에 넣었으니까.
후후후.
다녀왔습니다~.
아, 아사히. 어서 와….
드르륵
이거라면 틀림없이 얼음 같은 아사히도….
생각해 주셔서 고마워요

처억
잘 먹었습니다. 정말 맛있었어요.
얼굴도 안 보여주네…!
쏴아
사실은 수험을 앞두고 체력 증진을 위해
아침 일찍 러닝을 하려고 하는데,
괜찮으면 다음에 같이 주스 사러 가지 않을래?
이 화제라면 아무리 아사히라도 관심을….
…우류 오빠.
응? 왜?
좋아! 말을 걸어줬어!

나갈 수가 없으니까 어디로 좀 가세요.
미… 미안해!
이상하네….
밀어서 안 되면 당겨 봐라.
그렇다는 건 관심을 가져 달라는 거잖아…?
그게 아니라고 한다면…

진짜 싫어요
진심으로 내가 싫어졌나…?!
…그럴 수도 있지.
계속 우유부단하고,
나는 선택하는 입장이라면서 우쭐댔었으니까….
언제 미움받아도 이상하지 않아….
쿠—웅

그런데 혼자 들떠서
아사히가 내 관심을 끌려고 한다는 둥,
잘난 척만 했어.
정신 차리자.
이대로 가다간 진짜로 미움받아….
짜악
어떡하지….

다음 날
아침
아사히!
나도 같이
뛰어도 돼?

우류
오빠….
꾸욱
…죄송해요.
저는 혼자 뛰는 게
더 좋아서….
자…
잠깐 기다려,
아사히!
타앗
아사히,
부탁이야!
내 말 좀
들어줘!

나는… 연애 같은 건 잘 몰라서
네 마음도
내 마음도
잘 몰라….
이러니까 미움받아도 어쩔 수 없겠지….
하지만… 뭔가 싫은 점이 있으면 거리낌 없이 말해줘….
네가 싫어하는 건 전부… 고치고 싶어!
그래도 싫으면
나한테서 멀어져도 돼.
하지만 나는…!

네가 아무리 멀어진다 해도
반드시 뒤돌아보게 만들고 말 거야!

빙
글
…제발 그만 좀 하세요….
…그래.
투
욱
역시 안 되나….

정말—. 더는 못 참겠어요!
아… 아사히?
어떻게 된 거야?
역시 밀어서 안 되면 당겨본다던 그거였어…?
아뇨.
그럴 생각은 없었지만….

요즘 야에 언니는 정말 적극적이고,
유나 언니도 솔직해지기 시작했잖아요.
그런데 저까지 경쟁하려 들면 공부하는 데에 방해가 될까 봐
조금 물러서 있으려고….
아사히….
나를 생각해줬던 건가…!
근데 항복이에요.
무뚝뚝하게 굴어서 죄송해요.
우류 오빠의 뜨거운 마음을
차갑게 뿌리치는 건 역시 못 하겠어요.

우류 오빠를 향한 제 마음은
뜨거워요.

아사히….
다…
다행이다~.
첨벙
앗….
으윽…,
차가워─!!
차암~.
이젠 차갑게
안 굴어요~.

제 117 화 세월의 냄새
싱글
싱글
싱글
이걸 우류 오빠가 그렸다고요?
제법 전위적인 그림이지?
시끌 시끌
근데 뭔가 귀여워.
아까부터 뭐가 그렇게 신이 났어…? 너희들.

나도 처음엔 무슨 그림인지 못 알아봐서
우류가 삐졌던 게 기억나.
마히루 누나…?!
어머, 기억 안 나?
네가 초등학교 1학년쯤 됐을 때 그려준 나잖아.
그런 옛날 일을 어떻게 기억해….

그나저나 갑자기 웬일이야?
연락도 없이.
오늘은 너한테 볼일 없어.
너를 맡긴 지 제법 시간이 흘렀으니까
다시 인사드리려고 온 거야.
그건 그렇고.
빠안
뭐… 뭐야.
아니~? 너도 옛날에 비해
꽤나 얼빠진 표정을 짓게 됐구나~
싶어서.
울컥
그대로 긴장 풀고 있다가 입시에 실패하지나 말아라.

바…
바보 취급하고 있어!
볼일 없으면 난 방으로 갈래!
공부에 집중하게 해줘!
게으름피우지 마라~.
자자, 우류도 갔으니까
오늘은 여자끼리 재미있게 놀아보자고.
우류의 흑역사 아이템을 잔뜩 갖고 왔으니까♪
어라? 이건…
어릴 때의 우류 오빠…!

귀여워~.
근데 다쳤네요.
무슨 일 있었어요…?
아, 그건
우류가 시설에 온 지 얼마 안 됐을 무렵의 사진이야.
역시 의사 선생님이네요.
이렇게 아이들이 다친 상처도 치료해 주시고.
이상적인 의사 누나라는 느낌이라 좋네요.
아, 그때 난 아직 고등학생이었어.
네?! 고등학생…?!
하지만 이건 의사 가운인데…?
후후후.

그 무렵엔 우리 어머니가 시설의 원장을 맡고 있었고
나는 어머니를 도와서 아이들을 돌봐줬어.
아동 보호 시설 키세키원
마히루.
엄마는 약 사러 갔다 올 테니까
아이들 좀 봐주렴~.
네네~.
하여간 사람을 마구잡이로 부려먹는다니까.
에이~. 마히루는 무서워서 싫어~.
선생님이 좋아~.
울컥
야, 누님 이름을 함부로 부르지 마.
마히루 누나라고 불러.

누나는 무슨~.
마히루도 애잖아~.
빠직
파앗
날 너무 얕보는구나, 꼬맹이들…!
뜨둥
사실은 나도
의사 선생님이거든!
어머니의 가운
우와~! 정말~?!
마히루, 의사 선생님 이었구나~!
꺄아
마히루 누나 맞네~.
오.
이러면 얕잡아보지 않을지도.
앞으로는 가운을 입고 있어야지
꺄아

의사 선생님이 아니었어요 …?!
그때는 아직.
물론 지금은 확실히 의사야.
뭐야~. 깜짝 놀랐네~.
그런데 마히루 씨한테 그렇게 귀여운 일면이 있었다니….
젊음의 소치였지.
그리고
우류와 처음 만난 것도 그 무렵이었는데…
그 무렵 우류의 얼굴은
지금과 달리….

오늘부터 우리 가족이 될
카미하테 우류란다.
모두 사이좋게 지내렴.
키세키 원에 온 걸 환영해.
나는 마히루.
슥
오늘부터 잘 부탁해, 우류.
퉤에
이 자식!
마히루, 진정해!

그런 식으로
우유는
좀처럼 시설에
적응하지
못했고….
자,
그럼 내가
견본을
보여줄 테니까
다들 따라서
접어 봐.
네~
꿀꺽
따악

아…
아파….
우류,
뭐 하는 거야?!
혹이
났잖아…!
시끄러워!
됐으니까
병원으로
데려가줘!
나도
입원할 거야!
엄마랑 같이
입원할 거야…!
…엄마….
어…,

쭈욱
어리광 부리지 마!
이 꼬맹이!
아야 야야 야야 야야.
그 정도 상처로 입원은 못 해.
게다가 너의 그런 모습을 보고
너희 엄마가 기뻐하실 것 같아?
하지만….
하지만이고 나발이고!
투덜
투덜
지금 네가 해야 할 건 이거야!
슥
종이학 천 마리.
엄마의 병이 빨리 낫게 학을 많이 접어서
엄마한테 갖다 드리자.

엄마가
기뻐하는 얼굴이
보고 싶지?

글썽글썽글썽
감동적인 이야기야~.
이 사진에 그런 사정이 있었다니….
하지만 멋지네요. 우류 오빠가 왜 마히루 씨를 동경했는지 알겠어요.
지금의 우류가 있는 건 마히루 씨 덕분이군요.
…아니, 그건 아니야.

어머니가 돌아가신 후, 의사가 되겠다고 결심한 이후로
우류는 계속 사명감에 사로잡혀 있었기 때문에
보고 있으면 숨이 막힐 지경이었어.
하지만 그런 우류에게도 행복하게 해주고 싶은 사람이 생기고,
들떠서 까불기도 하고, 사소한 일에 일희일비 하기도 하고.
그렇게 풀어진 우류의 표정을
볼 수 있게 된 게 너무 기뻐.

그건
틀림없이
너희와
함께 지낸
시간 덕분이야.

그러니까 다시 인사할게.
우류를 받아줘서 고마워.

역시 마히루 씨는 멋진 사람이야.
나도 저런 언니가 있으면 좋겠어.
아~. 근데 어쩐지 안도하게 되네요.

하하하
하하하하
저렇게 멋진 사람이
사랑의 라이벌이 아니라서 정말 다행이에요….
그러고 보니, 마하루 씨는 연인이 있을까?
글쎄? 있어도 전혀 이상하지 않겠지만.

빙글
당신의 이상적인 아내
카미하테 우류
그 녀석~. 완전히 잊어버렸네.

제 118 화 용생사자(龍生四子)
멍~~~~~~
왜 그래? 야에, 괜찮아?
갑자기 아이디어가 번뜩 떠올라서~
정신없이 그림을 그리느라 한숨도 못 잤거든~.
천재가 진짜 천재 같은 행동을 했구나.
조금 더 자고 올게~.
비틀~
좋아. 그럼 오늘은
정신이 번쩍 드는 요리를 만들어 볼까!
두둥
학자오

아~~양
매…
매매매,
매워요
—!!

너무 매워요, 우류 오빠!
저는 매운 걸 못 먹는데~.
바들 바들
그런데 뭐지? 매운맛 속에 깊은 감칠맛이….
매운데 계속 손이 가요…!
후후후. 너도 알았구나.
매운 요리의 참맛을…!
확실히 엄청 맛있긴 하지만,
이게 뭐가 매워?
우물 우물
너 설마 가끔 있는, 매운 걸 잘 먹는 인간이냐…?!
근데 왜 갑자기 매운 요리를 했어?
아, 그건….
흐암~
미안~. 자느라 늦었어.
오늘 밥은 뭐야~?
오. 기다렸어, 야에.

오늘은 수고한 야에를 위해
매운 마파두부를 만들었어.
!
!
자, 이거 먹고 기운 내!
기뻐─! 고마워, 우류!
야에 언니. 스톱, 스톱!
잠깐, 잠깐, 잠깐!
아──양

야에 언니, 괜찮아요…?!
그러게 내가 뭐랬어!
어… 어떻게 된 거야?

아예 언니는 옛날부터 매운 걸 진짜 못 먹었거든요.
조금이라도 먹었다간 결국
이런 식으로 배탈이 나버려.
하바네로 피자
그런데 갑자기 먹기 시작해서
깜짝 놀랐어요.
설마 야에한테 그런 약점이 있었다니….
그런데 왜 먹기 전에 말을 안 했어?
하… 하지만…

우류가 기껏 날 위해 만들어준 요리니까…
남기고 싶지 않아서….
허세 부려서 미안해….
야에….
…아니야. 나도 잘 물어보고 만들었어야 하는 건데.
무리하게 해서 미안해….
뭔가 내가 할 수 있는 게 있으면….

유짱~.
아사짱~.
배 아파~!
저기…
나도
뭔가….
괜찮아요,
우류 오빠.
여긴
우리한테
맡기세요.
이런 때 어떻게
대처하면 좋은지는
잘 알고 있으니까.
아사히….
유나….
…확실히
내가 있으면
아에가 더
무리할지도
몰라.

지금은
야에를 잘 아는
두 사람에게
맡기고
저 녀석들의
방식을
배워 놓자.
야에….
점점 안색이
안 좋아져….
으아아아아아
뭐야.
유나의
다운 모드가
시작됐는데?
괜찮나?
꽈옥
응?

엄지와 검지 사이….
그리고 팔꿈치 안쪽 부분에 있는 혈이 위장에 효과적이야…!
살아야 돼, 야에…!
주물
주물
주물
기분 좋아…
정신은 무너지기 직전이지만,
대처법은 확실하게 알고 있어…!
아사짱~.
늘 하던 그거 해줘~.
네네~. 어쩔 수 없네요~.
투
욱

자자~.
아픈 거 훨훨
날아가라~.
쓰담
쓰담
쓰담
에헤헤.
고마워~.
제일
연하인데,
이 포용력!
성모님과
아기냐…!
야에는 연상이지만,
아플 때는
두 사람에게
기대는구나.
두 사람도
야에의 비상시에는
크게 의지가
되어주고 있어….

둘 다 고마워~.
하지만 아직 아파 보이네.
이런 때 엄마가 만들어줬던 「그것」이 있으면….
「그것」?
내가 이렇게 됐을 때 엄마가 늘 만들어줬던 음료수인데,
그걸 마시면 마음이 가라앉으면서 배도 금방 나았어.
근데 「그것」이 뭐였을까?
뭔가 달고, 몸이 따뜻해졌던 건 기억나는데….
그리운 얘기네요.
달고 몸이 따뜻해진다….

…어라?
우류 오빠는?
찾았다…!
틀림없이 이거야!
보글
보글

우류 오빠, 이건…?
이건 「육군자탕(六君子湯)」이라는 건데,
위장에 좋은 한방약을 달인 거야.
단맛이 있고, 몸도 따뜻해지는 음료.
스읍
분명히 너희 어머니가 만들어 주셨던 것도
이거 아니었을까?

맛없어
~~~~.
이…
이게
아니었어?
으~음….
그러네.
엄마가
만들어줬던 건
좀 더
홍차 같은
단 음료였는데….
쿠~웅
역시 나는
안 되는 건가…!
우류…!
~~~~

한동안 같이 생활하면서
많은 걸 알게 됐다고 생각했는데….
결국 나는 너희가 싫어하는 것도, 좋아하는 것도
어머니와 살았던 때의 일도
하나도 모르니까….
착각만 하고….
우류 오빠….
신경 쓸 것 없어, 우류!
기운 내, 기운―.
반대로 우류 오빠가 격려를 받고 있네요….
그러고 보니 야에는 어느새 기운이 난 거야…?

정말이네
—!
우류가 준 약이 효과가 있었나 봐!
고마워, 우류!
착각이 아니에요.
좋잖아요.
옛날은 옛날, 지금은 지금.
그때그때의 방식이 있는 거예요.

지금은 이걸
아마가미
집안의

새로운
방식으로
삼자고요.

…좋아.
하지만 약은 더 맛있는 게 좋아~.
좋은 약은 입에 쓴 법이야. 어른이면 참아.
평소 태도가 돌아왔네.
새로운 방식은 씁쓸한 맛이네요~.

제 119 화 사람과 사람과의 언덕길

가을이라고 하면…
예술의 가을.
스포츠의 가을.
독서의 가을.
하지만 역시 식욕의 가을이지!

이거 정말 맛있다~.
이 계절에만 맛볼 수 있는 기간 한정 메뉴니까.
꼭 먹고 싶었어.
게다가 사진 찍기에도 너무 예뻐요.
이게 인스타 감성이라는 건가?
말은 그렇게 하면서
우류 오빠가 제일 좋아하는 것처럼 보이는데요?
시끄러워! 뭐 어때! 놀릴 거면 집에 갈래!
에이, 그러지 말고.
모처럼 단풍도 예쁘니까
오늘은 가을의 교토를 만끽하자고요.

니네이자카
이 근처는 가게도 많고
사람도 엄청 많구나.
니네이자카는 교토에서도 유명한 관광지니까.
단풍철엔 사람이 더 많아져.
오~, 그래?
뭐야, 그 관광객 같은 반응.
우류 오빠는 현지 사정에 너무 어두워요.
뭐, 난 지금까지 계속 공부만 하느라
외출 같은 건 별로 해본 적이 없었으니까….
불쌍한 우류 오빠….
울먹
추억을 잔뜩 만들자….
울먹
울먹
동정 하지 마.
어라? 다 같이 웬일이야?

오밋짱!
그리고 우리 반 친구들…!
혹시 유나도 여기 한정 디저트를 먹으러 왔어?
우리도 이제 먹으러 가려고~.
아~. 그랬구나.
진짜 맛있었어. 추천이야.
그렇지?
그래. 그 맛엔 나도 놀랐어.
어?
유나, 카미하테랑 같이 먹었어?
앗…!
나랑 네가 같은 집에서 산다는 건
절대 아무한테도 말하지 마.

아!
그런 거구나.
눈치 못 채서
미안해~.
방해해서
미안~.
아…
아니야!
우리는
저기…!
그냥 솔직하게
말하면 될 텐데.
가성비 최고!
필승 돈가스 덮밥
다음은 이 집의
돈가스 덮밥을
먹어요!
입시와
전국 역전 대회의
필승을 기원하며!
오,
좋은데.
왜…
네가
여기에…?

카렌!
어라? 카렌에 아사히까지.
우연이네.
너희들 …!
역전 대회의 필승을 기원하며 먹으려고 왔지.
저도예요!
우와―! 정말?!
혹시 카렌도….
…뭐, 그렇지.
아하하. 왠지 기뻐요.
역시 저희는 최강 팀이네요.

아사히는 오빠랑 왔구나.
사이 좋네~.
뭐,
그냥 사이만 좋은 건 아니지만요.
어…? 혹시 남매가…?
시스터 콤플렉스….
야, 뭔가 이상한 오해를 하고 있잖아!
히히히히.
감주
일본주
오오! 누님, 잘 마시네!

특별히
서비스로
한 잔 더 줄게!
에헤헤~.
통이 큰
오빠네~.
야,
적당히 마셔.
콸
콸
콸
콸
쑥
하여간 아에는
못 말린다니까.
타케다
선배…!
이거 하나
줄 테니까
나중에 먹어.
감사합니다.

그런데 어떻게 드링크를…?
설마 야에의 과음을 예상하고…?!
아니야. 이건 할아버지가 부탁하셔서….
으응? 아마가미 집안의 여러분도 오셨군요.
이치죠지 가문 분들…!
이야~. 갑자기 부탁해서 미안하구나. 수고했다.
사모님이 과음을 하셔서….
그 품위 없는 옷차림은 뭐지~?

이치죠지 가문의 피를 이어받은 사람이 추하게 술에 취하다니~.
네~? 그 말 그대로 돌려드리죠~.
시끌
시끌
어디 부모한테 건방지게~.
방탕한 딸이~.
시끄러워요.
이 망할 할망구~.
그 엄마에 그 딸이네.
저 모습을 보니, 걱정 안 해도 되겠군.
앞으로도 저 아이를 잘 부탁하네,
소년.
야에 아버님….

그러나 만약 딸을 불행하게 했다간…
알지?
번뜩
무… 물론이죠.
어때? 헌책방 카페래!
여기 가자!
어머, 웬일이야?
꽤나 들떴네?

안녕.
마히루 누나…!
마히루 씨도 오셨네요~.
단풍이 절정이니까 즐기려고.
혼자서…?
같이 올 사람이 없었어?
그럴 리가 있겠냐!
나는 자리만 잡아놓은 거야!
오늘은….
마히루 언니, 기다렸죠~.

앗.
우류.
시라히…!
와아~. 시라히~!
다들 오랜만이야~.
잘 지냈어?
…지난번엔
정말 미안했어….
지난번? 무슨 소리야?
아무것도 아냐.

뭘 어색하게 굴고 그래?
아니, 저기….
요즘은 학원에서도 거의 말도 안 걸고….
역시 신경 쓰는 것 같아서….
흐응~.
뭐… 뭐야.
그냥?
나를 확실하게
여자로 보는구나~ 싶어서.
다… 당연하지.
뭐, 너도 여자 다루는 법을 잘 알게 된 것 같지만,
곁눈질하다가 입시에 실패하지 않게 잘해.
같은 A판정이라도 나랑 우류는 천지 차이니까.
열심히 공부해, 4등♪
크…!
지난번 학원 시험 4등

나도 열심히 할게.
지지 않을 거야…!
빠안
우류 오빠, 지금 그 의미심장한 대화는 뭐예요~?
시라히 언니랑 무슨 일 있었죠!
또 여자 문제냐, 하여간 넌…!
너희들, 좀 진정해!

이런….
과식했다.
조금
쉬자….
웅성
웅성
비끌
비끌
…경치
좋네.
지금까지 계속
책과 노트만
바라보고
있었다.
사전
하지만
세 자매와
만나고,
다양한
사람과
만나면서

어느새
내 주위는
이렇게
멋진 경치가
펼쳐져 있고
이렇게
많은 사람이
있었구나.

앞으로도
우리의
인연은

어떤
식으로든
이어져
가겠지.

아야야…. 배가….
어머, 큰일이네.
괜찮으세요?
저어….
저, 의사인데 뭔가 곤란하시면….
마… 마히루 언니!
어머, 아즈키.

쏴
Sevenmart
제 120 화 비와 함께
우와~.
갑자기 쏟아지네요.
차암~.
잠깐 편의점에 왔을 뿐인데.
느닷없이 웬 소나기람.
후후후.
준비성이 부족하구나.
나는 이런 일이 생길까 싶어서
늘 접이식 우산을 갖고 다니거든.
짜
앗

너덜
…어라?
와아~. 역시 우류 오빠.
용의주도 하네요~.
우산 디자인도 개성적이고 센스가 있네!
그만해! 더 비참해 지니까…!
어떡할래? 그칠 때까지 기다릴래, 아니면 편의점에서 우산을 살래…?

처억
어?
너희는 왜 우산을 갖고 있어?
오늘 운세에서 행운의 아이템이 우산이었거든요….
손금을 봤는데, 물로 고생할 상이라고 해서….
심령 파워가 대단하네!
과연 무녀들…!
젠장. 준비성이 부족한 건 나였나….
어떡하지…?
저기, 그럼…

같이 쓸래…?
같이 쓰실래요?
…….

…아사짱의 우산은 너무 작아.
우류가 비를 다 맞지 않을까?
아예 언니야말로 그 출렁출렁 때문에
우류 오빠가 다 안 들어갈 것 같은데요~?
마… 마음은 고맙지만,
나는 신경 안 써도 돼.
우산은 편의점에서 사면 되니까….

이건 여자들의 중요한 싸움이에요!
우류는 가만히 있어!
그… 그런. 같이 우산을 쓰는 정도에 뭘 그렇게까지….
우류는 아무것도 몰라~!
좋아하는 사람과 우산을 함께 쓰는 건 엄청 중요한 이벤트라고요!
그… 그런 거야?
아무튼 우류 오빠는 저랑 같이 쓰세요!
안 돼. 우류는 나랑 같이 쓸 거야!
둘 다 진정해.
그렇다면…!

교…
교대로
쓰면서
가자!
투둑
투둑
그럼 먼저
나부터~.

자, 우류.
좀 더 가까이
오지 않으면
젖어.
꾸욱
그…
그러네.
두근
두근
뭔가 좀
부끄럽지만…
확실히
두근거리는 것
같기도….

?!
야에!
앞이
다 젖었어!
앗!
미안…!
저기…
섹시
어필 작전,
성공~
이라고
할까~….

자, 시간 끝났어요!
떨어져, 떨어져!
다음은 제 차례예요.
어때요? 우류 오빠. 저랑 같이 쓰고 가니까….

꾸욱
미안해요! 우산을 더 위로 들게요!
아냐. 나야말로 더 숙여서….
앗….

미…
미안….
아…
아니에요.
저야말로….

잠깐. 지금 무슨 일이 있었던 거야—!!
우산 때문에 안 보였는데—!!
아… 아무것도 아니에요~.
그렇죠? 우류 오빠.
으… 으응!
아사짱, 너무 길어!
교대해!
에이~. 우류 오빠는 저랑 같이 쓰고 싶죠~?
평등하게 할 테니까 싸우지 마….
근데 어쩐지 신기하네.
느닷없이 내린 비로 그렇게 기분이 축 처졌었는데.
지금은 이렇게 마음이 들뜬다….

이게 같은 우산을 쓴 효과인가….
앗….
이런~.
맑아졌네~.
뭐야. 벌써 그쳤어…?
어?

히죽
오오오~? 우류 오빠, 혹시~?
히죽
역시 좀 더 같이 쓰고 싶었구나~?
히죽
괴롭히지 마!
히죽
…그래도
솔직히 그렇게 생각할 만큼 즐거웠어….
우산 씌워줘서 고마워….
자, 이 틈에 빨리 집으로 가자.

씨익
파앗

저기… 비는 벌써 그쳤는데….
뭐, 어때요.
언제 또 쏟아질지 모르니까~.
나 참. 괜히 걱정했네.
유나…!
내가 부탁한 디저트는 안 젖었겠지?

너무 늦게 오길래 비 때문에 그런가 싶어서 와봤더니….
한심하게 우산 놀이나 하면서 올 줄이야.
이웃 사람들 보기 부끄럽게.
그런데 우산이 왜 3개야…?
집에 3개밖에 없었어.
그래서 최악의 경우엔 누구랑 같이 쓰려고….
흐~~응
뭐… 뭐가…?

두근
유나 언니도 기회를 노린 거네요…?
이런, 이런. 우리한테는 한심하다고 했으면서.
유나도 빈틈이 없네~.
마음대로 단정 짓지 마!

제 121 화 행복의 붉은 도장

힐끔
힐끔
힐끔
…….
아까부터 왜 이렇게 왔다 갔다 해? 볼일 있어?
아니…. 바쁜 것 같아서….
괜찮아. 말해.
…미안. 꼭 부탁하고 싶은 게 있는데….
잠시만 네 시간을
내게 주지 않겠어?

모두가 불행 없이 입시를 치러낼 수 있기를.
짝
짝
어딜 가나 했더니.
이누가미 신사잖아.
역시 너도 입시 기도를 하고 싶었어…?
물론 그것도 있지만….

꼭 이곳의 주인을 받고 싶어…!
주인첩
여기 주인이 그렇게 특별해…?
그럼! 주인 자체가 아름다운 건 물론이고
그 주인을 쓰는 모습이 너무 멋져서
지금 인터넷에서도 엄청 화제가 되고 있어!
그… 그래?
주인은 대체로 신관님이 써주시지?
맞아! 그러니까 가능하면 너한테 신관님을 소개받고 싶어서….
그럼 그 사람이 쓰는 건가?
그랬구나.
그나저나 수집하는 사람이 많다고는 들었지만,
주인이라는 게 그렇게 좋은 거야…?
움찔

당연하지! 주인은 참배의 증거이기도 하지만, 유력한 필체로 엮어내는 먹색과 붉은색의 예술이기도 해. 신의 몸의 일부라고도 할 만큼 대단히 성스러운 거야. 게다가 사람 손으로 쓰는 거니까 하나하나 같은 주인이 존재하지 않다는 점도 심오한 매력 중 하나지.
재잘
주인첩
재잘 재잘
우와. 말이 엄청 빨라졌네.
그렇구나. 스탬프 랠리 같은 거네….
그렇게 캐주얼한 게 아냐!
주인은 그 신사의 신과 연을 맺었다는 증거이며
중요한 건, 하나하나 신과의 추억을 형태로서 남겨둔다는 거라고…!
버럭
주인첩
아… 알았어. 내가 잘못했어.

어?
어디서 본 얼굴이 있다 했더니….
척
안녕!
우즈키 씨…!
뭐야. 동생을 만나러 왔어?
아쉽게 됐네.
그 녀석은 의사니까 신사에서 무녀를 하는 때는 드물어.

오늘은 그 녀석을 닮은 나로 만족해줘.
아니…. 오히려 오늘은 우즈키 씨를 만나러 온 건데요….
저어….
이누가미 신사의 우즈키 씨죠…?
아… 안녕하세요. 아마가미 신사에서 무녀로 일하는 유나라고 합니다!
오오! 아마가미 신사의 무녀님을 만나게 돼서 기뻐.
저… 저야말로 영광입니다 …!
뭐야, 왜 이렇게 긴장했어?
그야 이누가미 신사의 신관님은 카리스마가 있는 분으로 유명하니까!

신관이 되고 싶은 나로서도
존경스러운 분이거든.
흐―응.
저어… 느닷없이 부탁드려 죄송하지만,
주인을 받을 수 있을까요?
주인첩
물론이지. 금방 돼.
네?!
허억
이 자리에서 쓰는 거예요?!
응. 이건 언제든 곧바로 쓸 수 있으니까.

샤악
자.
받아.
감사합니다!
서 있는 채로 이렇게 빨리, 아름답게 쓸 수 있다니.
직접 봐서 감동이었어요!
아냐. 별것도 아닌데, 뭘.

그렇지.
이왕 왔으니까 내가 신사를 안내해 줄까?
그래도 될까요? 감사합니다!
그럼 염치 불고하고….
콰악
아~. 죄송해요. 저희는 갈 곳이 있어서 이만….
뭐?
아, 그래? 언제든 또 놀러와.
그럼 안녕히 계세요.
가… 갑자기 왜 그래…?
목적인 주인을 받았으니까
집에 가서 공부해야지!

혹시 질투했어…?
그… 그런 거 아냐!
난 그냥 시간의 효율을 생각해서…!
아, 됐으니까 빨리 가자!
奉拝
좋아! 앞으로 1개면 꽉 찬다!
오—. 많이 모았네.
하지만 이왕이면 아까 받은 주인을 마지막으로 하는 게 좋지 않았을까…?
아니.
마지막 주인은 처음부터 정해져 있었어.
?

아마가미 신사
奉
甘神
令和
사락
자, 다 됐다. 유나.
고마워요, 할아버지.
아니, 이건 그냥 집이잖아! 이렇게 가까운 곳의 주인이라도 괜찮은 거야?!
물론이지.

가장 가깝고 마음이 가는 신사를
마지막으로 하고 싶었으니까.
...그러네.
으응? 여기서 만나는 것도 2년 차인가~?
처억
너희...!

…누구?
뭐?!
아니, 기억 안 나?!
비교적 초반에 있었잖아!
아~. 그런 녀석들이 있었지.
그래서? 뭐 하러 온 건데?
설마 또 새전함을 훔치려는 건….
크헤헤헤.
奉拝
令和
자, 다 됐습니다. 양아치 여러분.
고맙습니다, 신관님!
이 녀석들, 모르는 사이에 신사를 좋아하게 됐잖아!

굉장해! 다 채웠잖아!
이 주인, 엄청 달필이네~.
어느 신사 거야?
후후후. 이 신사는….
이야기를 쫓아갈 수가 없어~.
진심으로 존경합니다!
이제부터 누님이라고 부르게 해주세요!
좋아, 상관없어. 주인에 관한 거라면 뭐든지 물어봐.
게다가 수께끼의 관계가 탄생하고 있는데….
그나저나 주인이라는 건
이렇게 사람을 열중시키는구나….
이야~. 이만큼 모아 놓으니까 장관이네요~.

덜컥
주인첩
주인첩
주인첩이
…!

와락
풍덩
이 바보!
연못에 빠져서 감기 들면 어떡하려고 그래!
아니, 하지만 소중한 주인첩이….

그건 그렇지만…
당연히 네가 더 소중하지…!
유나….
…미안. 고마워.
그래도 힘들게 모은 주인이….

주인첩
무사해서 다행이다.
많은 인연을 맺어 온 신들께 감사해야겠네.
근데 이제 다 찼잖아?
그다음엔 어떻게 해?

전부 채운 주인첩은
고인의 관에 넣어 두면 저세상에서 행복해질 수 있대.
오~.
그러니까 내가 죽을 때 잘 부탁해.
재수 없는 소리 하지 마.
게다가 잘 부탁한다니.
죽을 때까지 같이 있을 거라는 소리야?
…….

…그러면
안 돼?
주인첩
아…
아니.
안 되지
않아….

다녀오겠
습니다.
어라? 우류,
어디 나가?
응.
오늘은….
제 122 화 영원보다도 뜨거운

…어?
야에…?
어째서….
어?
쑥
왜 그렇게
놀라?
유나
까지?!

도대체 어떻게 된 거야?!
둘 다 왜 신부 의상을…?!
우류도 차암~. 잊었어?
오늘은 우리의 결혼식이잖아?
겨… 겨겨, 결혼식…?
뭐지? 무슨 일이 일어난 거야…?!
꿈인가? 또 신의 장난…?!

자—! 연극은 거기까지—!
나 참…. 오늘은 신사 결혼식의 새로운 팸플릿 사진을 찍는 것뿐인데,
둘 다 너무 들떴어요.
신사 결혼식
영원한 사랑을 당신과 함께
뭐야, 그랬구나. 사람 놀라게 하지 마….
에헤헤~. 그냥 장난으로.

하지만 신부 의상을 입으니까 마음이 들떠서.
확실히 그렇긴 해.
웨딩드레스도 멋지지만,
역시 무녀로서는 ※시로무쿠가 좋지.
흐응~. 그런 로망을 품고 있구나.
그야 결혼식은 여자들의 로망이니까.
달칵
달칵
그러고 보니 아사히, 넌 안 입어?
이런 건 네가 제일 좋아할 것 같은데.

※일본의 전통 결혼식 때 신부가 입는 기모노 중 하나

네, 됐어요.
저는 홍보부장으로서 연출을 맡은 입장이니까.
오늘은 좀 힘들게 갈 거예요!
네—!
과연 듬직한 홍보부장이네.
그리고 우류 오빠가 신랑 모델을 해주시면 좋겠는데요.
어디 나가세요?
응…. 도서관에서 공부하려고.
그렇군요.

어쩔 수 없죠.
그럼 신랑 모델은 누군가 다른 분에게….
아니! 내가 할게! 시켜 주세요!
하지만 공부는…?
신경 쓸 것 없어!
자, 그럼 찍을게요―.
둘 다 웃어요―.

왜 그렇게 떨어져 있어요?!
좀 더 결혼을 앞둔 부부의 느낌을 연출해 주세요!
하지만 뭘 어떻게 해야 부부다운 건지….
어렵게 생각할 것 없어요.
일단 서로 마주 보며 손을 잡는다거나.
그렇군….

뭐야, 그런 건 간단하지.
토옥
이 정도면 어때….
아니, 막 사귀기 시작한 중학생 커플이 아니라고요!
부부라고 했잖아요!

으~음. 확실히 이런 재미있는 분위기도 괜찮긴 하지만,
좀 더 청초한 느낌으로 찍고 싶은데~.
그리고 우류 오빠. 아까부터 얼굴이 너무 풀어졌어요.
좀 더 늠름한 표정을 지어 주세요.
미… 미안.
그럼 이런 건 어때?

이렇게 끌어안아서 우류의 얼굴은 안 보이게 한다거나.
오오, 좋은 아이디어네요.
이렇게 하면 청초함도 분명히….
꼬옥
아…. 우류의 목덜미… 좋다.
왜 그렇게 외설적인 분위기가 되는 건데요!
청초한 분위기를 내라고 했잖아요!

카드가 꽉 찼습니다
셋 다 틀렸어요.
이래서야 멋진 팸플릿을 만들 수가 없다고요.
아셨죠…? 좀 더 이렇게.
저기…, 아사짱.
미안해. 나 좀 있으면 마코랑 미술관에 가기로 한 약속이 있어서….
네?!
미안해, 아사히. 나도 오밋짱이랑 디저트 뷔페에 가기로 했는데….
으으음.

…알았어요.
그럼 나머지 촬영은 다음에 다시 해요.
시간이 엄청 걸리게 생겼네요.
…미안.
근데 그 정도로 명확한 구상이 서 있으면
아사히가 신부 모델을 하면 되잖아…?
촬영은 할아버지한테 맡기고.
나도 아사히가 오케이 할 때까지 같이 해줄 테니까.
우류 오빠….

어지간히 저랑 결혼사진을 찍고 싶은 모양이네요.
아니…. 그런 게 아니라….
하지만 여자들은 결혼식에 로망이 있다며?
그러니까 너도 그렇게 사양하지 말고….
…로망 같은 건 없어요,
전혀.

저는
결혼할 생각이
없으니까.
…뭐?
어…
어째서?

…결혼식에선 영원한 사랑을 맹세하지만,
영원한 사랑을 당신과 함께
저는 사랑이니 행복이니 하는 게 영원하다고 생각하지 않아요.
의… 의외네. 네가 그렇게까지 현실적인 사고방식을 갖고 있었다니.
그래요?
그도 그럴 게, 만약 그게 영원하다면
저는 이 집에 오지 않았을 테니까요.

아사히….
…그렇구나.
진짜 가족과
헤어져
여기에
있다는 건
아사히도
과거에
무슨 일이
있었다는
뜻이겠지….
하지만…
그렇다면
왜 나를…?
휘잉
철썩
그렇기
때문이에요.
슥

이제 곧 겨울이 오겠네요.
그렇게 아름다웠던 단풍도
다 떨어져서 없어져요.
영원이 아니니까 오히려
하지만 우류 오빠를 좋아하게 된 그때부터
제 마음은 이 단풍잎처럼 불타오르고 있어요.
언젠가 사라져버린다고 해도
계속 물들어 있고 싶어요.

제 연애는 지금이 전력이에요.

앞으로도
영원보다 뜨거운
제 사랑을
제대로
받아주세요.
아…
네.
후후후.
또 얼굴이
풀어졌어요,
우류 오빠.
아니….
어쩔 수
없잖아…!
제15권에서 계속

자
드디어
제 차례군요
15권에서
계속

일러스트 갤러리 8

2023/4/21 LIVE PARTY × 『아마가미 씨네 인연 맺기』
퀴즈 이벤트 참가상

아마가미 씨네 인연 맺기

2023/4/21 TV 애니메이션 제작 발표 일러스트

아마가미 씨네 인연 맺기 14

2024년 8월 25일 제1판 제1쇄 인쇄
2024년 8월 30일 제1판 제1쇄 발행

작가 | Marcey Naito
번역 | 박소현

발행인 | 오태엽
편집팀장 | 이수춘
편집담당 | 김소연
미술담당 | 최진주
표지 디자인 | Design Plus
라이츠사업팀 | 이은선, 박경진, 정선주, 신주은
전략마케팅팀 | 김정훈, 이강희, 정누리
제작담당 | 박석주

발행처 | (주)서울미디어코믹스
등록일 | 2018년 3월 12일
등록번호 | 제 2018-000021
주소 | 서울 용산구 만리재로 192

인쇄처 | 코리아 피앤피